JOANNÈS CHOREIN

MOSAÏQUE

OU

SONNETS - ACROSTICHES

SUR LES HOMMES ET LES CHOSES DU JOUR

Prix : 1 fr. 25.

LYON

IMPRIMERIE JEVAIN ET BOURGEON
RUE MERCIÈRE, 92

1871

MOSAÏQUE

OU

SONNETS-ACROSTICHES

SUR LES HOMMES ET LES CHOSES DU JOUR

JOANNÈS CHOREIN

MOSAÏQUE

OU

SONNETS-ACROSTICHES

SUR LES HOMMES ET LES CHOSES DU JOUR

LYON

IMPRIMERIE JEVAIN ET BOURGEON

RUE MERCIÈRE, 92

—

1871

SIMPLE MOSAÏQUE

S atirique et plaintive est ma muse, lecteur ;
— nconnue, elle espère un peu ton indulgence ;
M alhabile, elle dit ce que souffrit son cœur ;
P atriotique, elle a pleuré sur notre France.

L a rage naît songeant au Prussien tueur,
E t la patrie alors semble crier vengeance !....
M ince filet, ma voix n'est pas brillant chanteur :
O h ! que ne suis-je donc ténor plein de puissance !....

S eule, la goutte d'eau ne peut rien, mais les flots,
A lors que la colère excite leurs sanglots,
— mpitoyables vont broyant la barque altière.

Q ue cette goutte d'eau se joigne au flot plus fort ;
U ne par une ainsi gouttes d'eau font rivière —
E t puisse un océan monter contre le Nord !!!....

A M. EDMOND VALENTIN

EX - PRÉFET DU BAS - RHIN

PRÉFET DU RHONE

Vous qui, riant des Huns, entrâtes à la nage
à Strasbourg (l'héroïsme inspire les grands cœurs),
L'âme de la défense au plus fort de l'orage,
Encouragez ces vers, stigmate aux durs vainqueurs.

Non, l'on ne saurait trop marquer ces escroqueurs
Tous au front, et contre eux attiser d'âge en âge
Impitoyable haine..... « IL FAUT BRULER CARTHAGE !.... »
Nuit et jour de ces loups soyons, nous, les traqueurs.

Et si vous accueillez ces pleurs, Alsacien,
De mes efforts alors j'aurai la récompense :
Ma muse si légère a besoin d'indulgence,

Oh ! de tout votre cœur lisez !.... c'est là le mien.
Nom célèbre déjà ne signe point mon livre ;
D'une plume encor vierge il vient... Puisse-t-il vivre !...

DÉDICACE

—————————— ❧ ——————————

O SOULARY, LIS-MOI!...

——————————

On vit par le ROMAN — lubrique fat — chassée,
Sur terre seule, errant, la POÉSIE en pleurs ;
On dédaignait sa mise et sa vertu....; huée,
Un jour, elle, à Lyon vint porter ses douleurs,

La pauvrette, elle allait, timide, offrant ses fleurs,
Avec le rouge au front et de tous la risée ;
Riant, chacun courait aux scandales railleurs,
Y buvant, foule, ainsi qu'au champagne.... (insensée !...)

Le hasard l'amena vers toi, tu vis sa peine ;
Idolâtre du BEAU, d'elle tu fis ta reine ;
Ses grâces à t'orner mirent tout leur amour.

MAITRE-SONNEUR, lis-moi.... Si je plais à mon tour,
Offre à mon nouveau-né quelques mots ; ce baptême
Inondera son cœur de confiance extrême.

O SUPERBE FRANCE

MA PAUVRE FRANCE

OH! LES ASSASSINS!

I

O SUPERBE FRANCE

A mon ami Jean Sarrazin

O h!.. quelle est cette femme au fier port de déesse?...
S cintillant, comme aux cieux l'éclair fauve en la nuit,
U n regard enfiévré foudroie et puis caresse ;
P einte, sa chevelure ondoyante s'enfuit.

E t dans ses mains un sceptre ! Et sous son char se presse
R oi, prince, peuple même, et son œil les séduit.
B annières et cimiers tout s'incline et la suit :
E t tous par son grand nom de jurer... Quelle ivresse!...

F ille sage ? Non point ; coquette et grande dame,
R eine encore et toujours, l'on se vend (polygame !!!...)
A u... plus offrant... d'amour?... Naïf!.. l'on veut de l'or.

N e faut-il point chevaux, brocard, valets, médor,
C hampagne, festins, bals où la honte s'attèle?...
E t l'orgie... est!... Réveil, que seras-tu pour elle ???...

II

MA PAUVRE FRANCE

A ma Mère

Mon Dieu ! mais est-ce toi, France toute sanglante,
Au visage défait, aux haillons tout fangeux ?...
Plus de fleurs et de soie et de fête opulente...
Autour de toi, pillards, hurlent cent mille gueux.

Une épée — un tronçon — en ta main défaillante,
Vaincue, atteste encore un combat glorieux ;
Répandus à tes pieds, — ceinture pantelante
Epis fauchés !.. -— tes fils sont morts comme des preux.

Fier, pourtant, ton regard ne demande point grâce ;
Râlant de faim, de froid, la mort déjà t'embrasse :
Ah ! de loin l'on te tue et tu combats encor !...

Ne te rends point !.. — le sang monte comme la houle —
C'en est fait !.. pour un jour cède au pied qui te foule,
Et gorge tes v...ainqueurs de CINQ MILLIARDS D'OR !!!

III

OH ! LES ASSASSINS !

A M. A. Schnéegans
Rédacteur du *Journal de Lyon*

Oh ! quels exploits !... sonnez, ô fanfare guerrière !...
Hypocrites agneaux, ils sont un million,
Les héros ! trois contre un !... des brigands c'est la guerre,
Encore face à face osent-ils tuer ?... Non.

Si, sombre, un bois domine une route en lumière
Avec imprévoyance où marche un fier lion,
Silencieux, glissant, ils vont comme un mystère...
Soudain vient le trépas — mitrailleur tourbillon —

Affiche de tes preux l'héroïque vaillance,
Sainte patrie, et cours, folle d'insouciance,
Sus droit à l'ennemi qui te lance la mort ;

Ils riront de ta fougue, et, loin, tuant tes braves,
N'épargneront tes toits ni tes vierges esclaves.....
SUBLIME ET JUSTE LOI QUE LE DROIT DU PLUS FORT !!!.....

LORRAINE, ALSACE

BIENTOT, ENFANTS

LE RETOUR DÉSIRÉ

LORRAINE, ALSACE

A M. Armand Fraisse

ㄴ orraine, ils t'ont volée à ta mère qui pleure :
O ffrant main de velours, vampires dégoûtants,
ꓤ éjouis, ils voudraient t'apprivoiser sur l'heure.
ꓤ ude, leur doigt se colle à tes seins palpitants.

ᐁ ssassins, leur caresse et t'aigrit et t'écœure :
ᐁ ls se font pour t'avoir, loups, humbles pénitents,
ꓠ e les absous jamais ces brûleurs de demeure
ꓱ gorgeurs de vieillards, de femmes et d'enfants !

ᐁ lsace, ils t'ont brûlée ! .. assise à ton foyer,
ㄴ eur joie immonde éclate ; ils rêvent d'essuyer
ꓢ ous leur lèvre, déjà !.. tes larmes, tes blessures...

ᐁ h ! — bave !... leurs baisers sont au front des brûlures.
ꓛ ouve en ton cœur ta rage, infuse en tous tes fils,
ꓱ n les allaitant, haine éternelle aux bandits !...

II

BIENTOT, ENFANTS

A mon ami intime Pierre Cros

B annissez de vos cœurs le sombre désespoir :
— ls vous violent, eux, riant de vos colères,
E t bâillonnent vos cris — bouchers à l'abattoir... —
N on !.. Dieu punira bien ces maudits adultères !

T ournez votre âme, enfants, vierge de leur pouvoir,
O ù vous couve des yeux votre mère en prières.
T oujours là c'est le nid où l'on doit se revoir,
E t le pôle où, français, vous volerez, ô frères !...

N ous sommes foudroyés non vaincus ; l'aigle est morte ;
F idèle à sa grande âme un héros à Sedan
A vendu — le judas !... cent mille hommes d'escorte :

N ous voilà muselés !... vous, filles, au carcan !...
T ous ses valets du maître imitent la prudence...
S eul, ton cœur t'est resté... c'est assez, ô ma France !...

III

LE RETOUR DÉSIRÉ

A M. Adrien Bavastro

L e cœur français est veuf de tout culte profane ;
E nfin la LIBERTÉ, vierge forte, apparaît.
R ien plus que les faux dieux n'asservit et ne fane
E n l'homme la vertu, qui des preux est le lait.

T oute à toi, tu vas vivre en simple paysanne,
O ubliant bal, orgie où l'âme se vautrait.
U n sang pur va couler, duquel la vie émane
R econfortée et belle, à pleins bords, à souhait.

D onc, quand ton aile sage aura force, puissance,
E spérance bénie !... il naîtra donc le jour
S ans peur de trahison où luira la vengeance.

I ls t'ont pris tes enfants dans leur miséricorde :
R ompre ces fers maudits, balayer cette horde,
E st, ô mère-patrie, un saint devoir d'amour.

A TOI, STRASBOURG

O VIERGE BELFORT

A TOI, STRASBOURG

A mon ami d'enfance Jean Pialat

A toi, qui de longs jours, de sombres nuits, lutta
T oute enceinte de Huns, foudroyée et fidèle,
O rgueil de notre France, où l'honneur s'abrita,
I mpérissable gloire et louange éternelle !...

S alut à toi, Strasbourg, que l'on décapita !
T einte de sang, brûlée, encor pourtant rebelle,
R âlant de faim, de honte, un vainqueur t'emporta :
A moureux rapt de vierge et victoire immortelle !...

S ublimes braves ! ceux qui de loin te tuèrent !...
B énis à tout jamais ceux qui te pétrolèrent,
O ubliant dans le feu femmes, vieillards, enfants !...

U n océan de sang houle sur l'Allemagne :
R ace de proie, infâme, ils furent tous brigands,
G œthe, chante Guillaume et sa riche campagne !!...

O VIERGE BELFORT

Aux Mobiles du Rhône

Offrez leur donc ces forts que point la faim torture !
Valeureux, volez donc, le chemin est ouvert !...
Ils sont une poignée, et leur vaillante armure
Est le cœur d'un soldat, d'un héros, de Denfert !

Rôdeurs, vous préférez tendre une ample ceinture.
Goth Werder le célèbre, incendiaire expert,
Emmène à cet assaut tes preux... nos fils qu'on mure,
Barbare, t'apprendront comment l'Honneur s'acquiert.

Eh ! quoi, vous reculez ?... Ah ! tout autre est de prendre
La vierge qui sait bien mourir, mais non se rendre,
Forte âme qui s'appuie à de jumelles sœurs !...

Oh ! le nid est farouche, allez, ils vous attendent ;
Rien n'ébranle leur âme, au Devoir ils prétendent,
Tous sont aiglons et c'est l'aire des braves cœurs !!

MAC-MAHON, O BRAVE!

LES CUIRASSIERS

O BAZAINE, O JUDAS

MAC-MAHON, O BRAVE !

Au colonel Ferrer

———

ᴍ ais il est un héros qu'inscrira notre histoire,
ᴀ me honnête d'un preux ; foi, valeur de Bayard.
ᴄ haque valet en chef au front porte « couard ! »
ᴍ ac-Mahon écrasé, pur, reste à la mémoire.

ᴀ lors que de ses mains il sent fuir la Victoire,
ʜ appant soudain son cœur, un mot brille : « fuyard !... »
ᴏ l'hérésie horrible !... il faut, honteux, y croire....
ɴ on, mourir mille fois... — haute l'épée, il part...

ᴏ ffrant sa tête aux coups — dérision amère !...
ʙ rave, la mort railleuse oublia ce soldat....
ʀ espectons sa défaite... il n'est point renégat.

ᴀ ux Prussiens vainqueurs le grand-maître adultère
ᴠ int, humble, se donner, vendre ses bataillons,
ᴇ cœuré, lui, de suivre aux fers ses fiers aiglons.

LES CUIRASSIERS

A mon neveu Francisque Chorein

———

L a trombe mitrailleuse accourt de loin et fauche...
E t la valeur française expire... horrible étau !...
S emant le fer, le feu, le prussien s'approche...
C 'est la honte !... Plutôt mourir en son drapeau !...

U n espoir ! .. Cuirassiers, Mac-Mahon vous décoche,
I l vous lègue la mort pour sauver son troupeau. —
R adieux on s'embrasse... Ils vont !... à leur approche,
A h ! se lèvent debout ceux morts à Waterloo....

S ix fois, comme la foudre, ils volent... décimés ;
S ix fois — Léonidas !... — ils tombent abîmés... —
I mpitoyable obus, tu ris de leur vaillance !...

E t tous sont morts, hachés !..— Sois en fière, ô ma France,
R etrempe ta grande âme au sang de ces soldats.
S auvés, leurs frères vont à de nouveaux combats.

O BAZAINE, O JUDAS

Au P, Marchal

O vous tous, fiers Judas napoléoniens,
B aisant, candide et brave, au front, Metz la lorraine,
A cclamez maréchal celui qu'on dit Bazaine
Z élé pour les grands coups : mexicains, prussiens.

A h ! ce cœur qui te vend, ô France, est-ce un des tiens !
I l épargne ton sang?... le sort fatal l'enchaîne?...
N on !... il veut museler l'âme républicaine,
E t, de faim la tuant, la jeter, lâche, aux chiens !...

O ffrez-lui, roi Guillaume, au moins la croix de fer.
J amais plus noble croix n'orna preux de cet air :
U n traître pactisant avec le Hun qui brûle !...

D onnez-vous l'accolade, et foin d'un vain scrupule,
A mes sœurs dans la honte !... allons capitulez,
S ans souci de la France;... et vous, bons, pétrolez !.....

LE ROI GUILLAUME

FOURBE BISMARCK

GENTILS APOTRES

I

LE ROI GUILLAUME

Le doux agneau !... l'homme intègre et pieux !...
Et le grand cœur !... le héros !... la belle âme !...
Roi par la grâce !... empereur radieux !...
Oh ! vers le ciel il... prie !... oh !... quelle flamme...

Il prie... et près, — concert harmonieux —
Gazouille, gai, le soldat qui l'acclame...
Une prière !... ils sont victorieux,
Ivres de sang, de vin, de gloire infâme !...

Le bon roi prie !... et là-bas, dans la plaine,
Les preux hachés expirent, mariant
A sa voix sage et pleurs et cris de haine !...

Un doux sourire erre en ses yeux..., priant :
Mon Dieu, dit-il, je sers votre vengeance,
Et... mon empire en châtiant la France !!...

FOURBE BISMARCK

F rance à genoux devant ce dieu nouveau
O mnipotent par la ruse et l'audace ;
U n philosophe ayant sur son drapeau :
R OIS SONT LES FORTS !... QU'HUMBLE LE DROIT S'EFFAC E !....

B aissez le front, peuples, baisez l'anneau,
E t permettez que le loup vous embrasse !...
B ismarck est bon et doux comme un agneau,
— I daigne, lui, vous... voler !... rendez grâce !...

S i refusant son empereur Guillaume,
M audits, pour maître, en votre fol orgueil,
A coup d'obus il prouve l'axiôme.

R egardez-le : que bleu brille son œil,
C harmeur serpent, comme une favorite... —
K noutez-le donc ce Mitis hypocrite !...

GENTILS APOTRES

———

G énéraux bien gentils, doux comme votre roi,
E t vous aussi priez, en apôtres fidèles.....
N aïves, vos Gretchens pour nourrir votre foi,
T endent des livres saints à vos âmes si belles !...

— I vous arriva bien de piller.... — Dure loi !...
L e pétrole a brûlé quelques toits.....— Bagatelles !....
S ur vos meurtres maudits anathème!... — Pourquoi?. .
A h ! l'on ne conduit point des Huns en demoiselles !...

P auvres qu'on méconnait, ô Werder le bon cœur,
O Manteufell, ô Moltke, ô Charles magnanime,
T artufes, priez Dieu!... non, Satan l'escroqueur !....

R efaites votre main vierge de sang... trônez!...
E ntendez l'hosanna de vos assassinés,
S aints, saints, saints généraux de Guillaume... Maxime !!!

HUNS PÉTROLEURS

O PENSEUR, RÊVEUR

MAUDITS, MAUDITS

HUNS PÉTROLEURS

Hissez les pavillons !... victoire satanique !...
Une orgie !... allons donc !... du vin, du kirsch, du lard.
Nation hurle et bois, brûle et tue... (angélique !...)
Suintant le sang la gloire ennoblit le pillard !...

Pétroleurs, pour la fête il faut flamme magique :
En chœur, tous, au pétrole... il charme le regard...
Tendre jeu !... doux effet !... ô teinte féerique :
Rouges et diaprés, nos toits flambent... quel art !!!....

Oh ! ces cris importuns !... au feu, laissez-nous rire !....
L'on aurait trop à faire à sauver ces pleureurs....
Et pouah ! tous ces corps brûlés... quelles odeurs !...

Un tonnerre de voix : pleurs, chant, et cris (délire !...)
Retentit jusqu'au ciel..... et les Huns de chanter
Sans souci des martyrs !... pour eux c'est *conquéter*.......

O PENSEUR, RÊVEUR

A M. Victor Nadal

On dit que votre esprit, juste ainsi qu'un barème,
Pèse tout à son poids ; qu'à vos regards fervents
En vain voilant son front, la nature elle-même
Ne saurait échapper à vos scalpels savants.

Sur vous les Rêves bleus, mystérieux amants,
Epanchèrent leurs dons : hymne ou chant ou poëme ;
Un mysticisme règne en vos cœurs — saint baptême !.. —
Rêveurs comme la nuit, pleureurs tels que les vents.

Pesez en silence, en errant, solitaires,
Et vos siéges honteux et vos meurtres, sicaires....
Voyez si notre France a droit de vous haïr !...

Ecoutez donc ces voix que la nuit laisse ouïr :
Un Dieu vengeur les pousse ! ils vont pleurant dans l'ombre
Revenants de Strasbourg, de Bazeilles, sans nombre !...

MAUDITS, MAUDITS

Maudits, vous pâlissez en voyant la balance
Avec tous vos beaux coups ! eh bien, blême d'effroi,
Un tremblement te prend, Prusse, sachant la loi :
Dent pour dent !... Mot cruel, doux miel à ta clémence.

Ils te seront remords tes Rêves bleus.... la France
Te jettera toujours au front ta sainte foi ;
Sur ta couche, la nuit, rediront ta vaillance
Massacres, incendie... en invoquant ton roi !...

Ah ! quand le ciel est noir et que grince l'orage,
Un concert, vents du ciel, répétez à Carthage
Des mille revenants ces voix : bandits !... bandits !...

Ils iront invoquant tous les grands saints ensemble... —
Tendre écho — que de Dieu l'ange à l'ange s'assemble
Seul leur chantant en chœur ce mot : maudits ! maudits !

(55)

MA FRANCE, ESPOIR

TU ES IMMORTELLE

MA FRANCE, ESPOIR

A Mlle Louisa Siéfert

Ma mère, espoir, malgré tes sombres jours néfastes :
A la souffrance un cœur se retrempe et grandit.
Fi des efféminés qui les yeux sur tes fastes,
Retombent mous, pleurant !... Moi, l'âme me bondit !

A plus grave blessure il faut plus fort esprit :
Ne laisse donc point dire à ces iconoclastes :
C 'est la France, voyez... elle s'abâtardit...
Elle est sous mon talon, la reine aux fières castes !...

Erreur !... on l'a vendue, et prise, et muselée ;
Sans force Goliath fut captif ;... enjolée :
Par l'empire taré que pouvait-elle ?... rien.

Oh ! ce règne n'est plus ! vole, oiseau, sans entraves ;
Imprudent ne va pas chercher quelque lien ;
Règne, ô liberté sage, air où vivent les braves !...

II

TU ES IMMORTELLE

A M⁻¹ de S....

Ton étoile a pâli, mais n'est point éclipsée,
Un Dieu te garde encor nombreux beaux jours au ciel ;
Et de ce dur creuset, où tu tombas poussée,
Sage tu sortiras pour ton futur duel.

Il te faut dans le monde où — phare — ta pensée
Marque à tous le chemin ; où — pôle universel —
Marchent les nations ; où ton âme encensée,
Où ton œil magnétique est la flamme et l'autel.

Rappelle-toi ton nom, tes preux et ta noblesse,
Toute à tes grands destins ne sois plus pécheresse,
Et l'aile reprendra valeur, virilité.

Le temps des doux loisirs n'est plus... à l'œuvre, France !
La puissance de l'homme est dans sa volonté ;
Écrasée, oh ! tu dois avoir soif de vengeance !

ÉPILOGUE

FRANCE ET PRUSSE

ÉPILOGUE

FRANCE ET PRUSSE

A M. Ph. Chéry

Rédacteur de l'*Anti-Prussien*

France, comme l'aiglon devient aigle à son tour,
Relevant fièrement le fier gant despotique,
Alors TU PRIMERAS LA FORCE tyrannique !...
Non, va, ne pleure plus ce sera le grand jour !...

Ce sang, qu'ils ont versé dans leur rage bachique,
Entends, vers l'Éternel il crie.... et, pleins d'amour,
Encore rugissant sous l'ongle du vautour,
Tes fils, qu'ils t'ont volés, t'appellent, République !....

Prusse, vois se dresser la roche tarpéienne ;
Roi Guillaume empereur, Holopherne maudit,
Usurpe ma patrie.... elle sera Judith.

Si tu nous écrasas sous ton armée obscène,
Si tu pillas notre or et brûlas nos cités,
Eh ! bien, soit : œil pour œil !... et tes jours sont comptés !

TABLE

Simple Mosaïque	5	Les Cuirassiers	37
Valentin Edmond	7	O Bazaine, ô Judas	39
O Soulary, lis-moi	9	Le roi Guillaume	43
O superbe France	13	Fourbe Bismarck	45
Ma pauvre France	15	Gentils Apôtres	47
Oh ! les Assassins !	17	Huns pétroleurs	51
Lorraine, Alsace	21	O Penseur, Rêveur	53
Bientôt, Enfants	23	Maudits, Maudits	55
Le Retour désiré	25	Ma France, espoir	59
A toi, Strasbourg	29	Tu es immortelle	61
O vierge Belfort	31	France et Prusse	65
Mac-Mahon, ô brave	35		

imp. JEVAIN & BOURGEON, rue Mercière, 92, Lyon.